Rubí,
el hada
roja

Dedicado a Joanna Pilkington,
que encontró hadas
en su lindo jardín

Un agradecimiento
especial a Narinder Dhami

Originally published in English as
Rainbow Magic: Ruby the Red Fairy
Translated by Madelca Domínguez

ISBN 13: 978-0-545-10064-9
ISBN 10: 0-545-10064-X

12 11 10 9 8 7 6 5 4 3 2 1   8 9 10 11 12 13/0

Printed in the U.S.A.   40
First Spanish printing, December 2008

Rubí, el hada roja

Por Daisy Meadows
Ilustrado por Georgia Ripper

SCHOLASTIC INC.

New York Toronto London Auckland Sydney
Mexico City New Delhi Hong Kong Buenos Aires

Que sople el viento, que haya hielo.
Creo una tormenta y no tengo miedo.
A las hadas del arco iris las he mandado
a las siete esquinas del mundo humano.

Miro el reino y yo solo me río
porque está gris y siempre habrá frío.
En todas sus esquinas y rincones,
el hielo quemará los corazones.

Contenido

Al final del arco iris

—Mira, papá —dijo Raquel Walker
señalando por encima del mar hacia la
isla que se veía a lo lejos. El barco se
dirigía hacia ella, balanceándose sobre
las olas—. ¿Es esa la isla Lluvia Mágica?

Su papá asintió.

—Sí, esa es —dijo—. ¡Nuestras
vacaciones están por comenzar!

Las olas chocaban contra el barco mientras este danzaba sobre el agua. Raquel sintió que el corazón le latía rápidamente de la emoción. Podía ver los blancos acantilados y los campos color esmeralda de la isla, y hasta las olas que rompían en sus arenosas playas doradas.

De pronto, unas cuantas gotas de lluvia le cayeron en la cabeza.

—Ay —dijo sorprendida. El sol todavía brillaba en el cielo.

La mamá de Raquel la tomó de la mano.

—Busquemos donde refugiarnos —dijo, llevando a Raquel adentro.

—¿No es muy extraño? —dijo Raquel—. El sol brilla y, sin embargo, llueve.

—Esperemos que la lluvia pare antes de que nos bajemos del barco —dijo la Sra. Walker—. ¿Dónde puse el mapa de la isla?

Raquel miró por la ventana. Sus ojos se agrandaron.

Había una chica en la cubierta del barco. Tenía el pelo mojado por la lluvia, pero no parecía

importarle. La chica observaba
detenidamente el cielo.

Raquel se volvió hacia sus padres.
Estaban ocupados estudiando el mapa.
Así que se escurrió y salió a cubierta con
la intención de saber qué observaba la
chica.

Y ahí estaba.

En el cielo azul, muy por encima de
ellas, estaba el arco iris más maravilloso

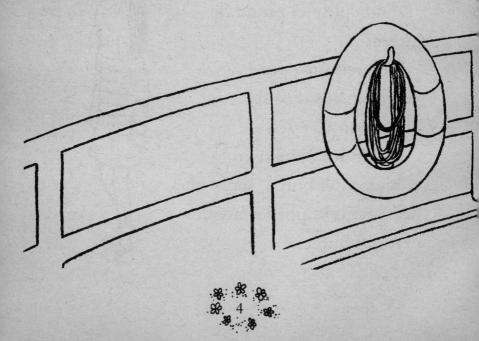

Rojo
Anaranjado
Amarillo
Verde
Azul
Índigo
Violeta

que Raquel jamás había visto. Un extremo del arco iris terminaba muy lejos en el mar. El otro, parecía terminar en algún lugar de la isla Lluvia Mágica. Todos los colores eran brillantes y hermosos.

—¿No es perfecto? —susurró la chica del pelo oscuro.

—Sí —respondió Raquel—. ¿Vas de vacaciones a la isla Lluvia Mágica?

La chica asintió.

—Nos quedaremos una semana —dijo—. Me llamo Cristina Tate.

Raquel sonrió mientras la lluvia paraba de caer.

—Yo me llamo Raquel Walker. Nos hospedaremos en la cabaña La sirena —añadió.

—Y nosotros en la cabaña El delfín —dijo Cristina—. ¿Crees que estaremos cerca?

—Eso espero —dijo Raquel. Tenía el presentimiento de que se llevaría bien con ella.

Cristina se inclinó sobre la barandilla y miró hacia el agua espumosa.

—El océano parece tan profundo en esta parte, ¿no es cierto? —dijo—. ¡Puede

ser que hasta haya sirenas
mirándonos desde ahí
abajo!

Raquel contempló las olas
y de pronto su corazón
saltó.

—¡Mira! —dijo—.
¿Podría ser el pelo
de una sirena?
Después se
echó a reír
cuando vio que
se trataba de
algas.

—Podría ser el
collar de una
sirena —dijo
Cristina
sonriendo—. Quizás se le

perdió cuando trataba
de escapar de algún
monstruo marino.

El barco se
adentraba en la
pequeña bahía de la
isla. Las gaviotas
volaban a su alrededor y los
pequeños barcos pesqueros se
movían impacientes en el agua.

—Mira aquel acantilado blanco —dijo
Cristina señalándolo—. Parece la cara de
un gigante, ¿no te parece?

Raquel miró y asintió. Cristina parecía
ver magia en todas partes.

—¡Ahí estás! —dijo la Sra. Walker.

Raquel se dio la vuelta y vio a su
mamá y a su papá en la cubierta.

—Desembarcaremos en unos minutos —dijo la Sra. Walker.

—Mamá, papá, les presento a Cristina —dijo Raquel—. Se hospedará en la cabaña El delfín.

—Justo al lado nuestro —dijo el Sr. Walker—. Recuerdo haberla visto en el mapa.

Raquel y Cristina se miraron y sonrieron.

—Será mejor que vaya a buscar a mi mamá y a mi papá —dijo Cristina mirando a su alrededor—. Allí están.

Los padres de Cristina se acercaron a saludar a la familia Walker. Después, el barco atracó y todos comenzaron a bajar.

—Nuestras cabañas están al otro lado del muelle —dijo el padre de Raquel mirando el mapa—. No es muy lejos.

Las cabañas La sirena y El delfín estaban junto al mar. Raquel estaba encantada con su habitación en el ático. Desde la ventana podía ver las olas romper en la playa.

Un grito hizo que mirara hacia abajo. Parada bajo la ventana estaba Cristina, haciéndole una señal con la mano.

—¡Vamos a explorar la playa! —gritó
la chica.

Raquel bajó corriendo y se unió a ella.

Había montones de algas sobre la
arena y pequeñísimas caracolas rosadas y
blancas por todos los lugares.

—¡Me encanta este lugar! —dijo a
gritos Raquel en medio del ruido de las
gaviotas.

—A mí también —dijo Cristina y señaló el cielo—. Mira, el arco iris todavía está ahí.

Raquel miró. El arco iris resplandecía entre las algodonadas nubes blancas.

—¿Has escuchado alguna vez la historia de la olla llena de oro al final del arco iris? —preguntó Cristina.

Raquel asintió.

—Sí, en los cuentos de hadas —dijo Raquel.

Cristina hizo un gesto.

—Quizás, pero deberíamos averiguarlo por nosotras mismas.

—Está bien —dijo Raquel—. Quizás también podamos explorar la isla.

Corrieron a decirles a sus padres.
Después, Cristina y Raquel partieron por
un camino que pasaba por detrás de las
cabañas y que las llevó lejos de la playa,
a través de los campos verdes hasta
terminar cerca de un bosque.

Raquel miraba sin cesar el arco iris. Le
preocupaba que comenzara a desapa-
recer ahora que había dejado de llover.
Pero los colores seguían brillando.

—Parece que el arco iris termina allí
—dijo Cristina—. ¡Vamos!—.Y se
encaminó hacia el bosque.

El bosque era fresco y sombreado, sobre
todo después de haber caminado durante
un rato bajo el sol. Raquel y Cristina
siguieron un sendero serpenteante hasta
llegar a un claro. Las dos chicas se
detuvieron a mirar.

El arco iris brillaba en la hierba y
atravesaba un espacio entre dos árboles.
Sus colores lanzaban destellos brillantes.
Y justo ahí, al final del arco iris,
descubrieron una olla viejísima.

Una pequeñísima sorpresa

—¡Mira! —susurró Cristina—. ¡Una olla llena de oro!

—Podría tratarse solamente de una olla común y corriente —dijo Raquel dudosa—. Alguien pudo haberla dejado ahí.

—No creo —dijo Cristina moviendo la cabeza—. Parece muy vieja.

Raquel miró detenidamente la olla.
Estaba sobre la hierba, bocabajo.

—Mirémosla más de cerca —dijo
Cristina. Corrió hacia la olla y trató de
virarla—. ¡Ay, es muy pesada! —se quejó.
Volvió a intentarlo, pero la olla no se
movió.

Raquel corrió a ayudarla. Empujaron
y empujaron, pero solo lograron moverla
un poco.

—Volvamos a intentarlo —dijo
Cristina—. ¿Lista, Raquel?

¡Toc! ¡Toc! ¡Toc!

Raquel y Cristina se miraron.

—¿Qué fue eso? —preguntó Raquel.

—No lo sé —susurró Cristina.

¡*Toc!* ¡*Toc!*

—Lo volví a escuchar —dijo Cristina y miró la olla—. Creo que viene de dentro de la olla.

Los ojos de Raquel se abrieron desmesuradamente.

—¿Estás segura?

Raquel se inclinó sobre la olla y trató de escuchar. ¡*Toc! Toc!* Para su sorpresa, la chica escuchó una voz.

—¡Socorro! —dijo la voz—. ¡Socorro!

Raquel agarró el brazo de Cristina.

—¿Escuchaste eso? —preguntó.

Cristina asintió.

—¡Rápido! —dijo—. ¡Tenemos que darle vuelta de alguna manera!

Raquel y Cristina empujaron la olla con todas sus fuerzas y comenzaron a menearla de un lado a otro sobre la hierba.

—¡Ya casi lo logramos! —dijo Raquel—. ¡Sigue empujando, Cristina!

Las chicas siguieron empujando. De pronto, la olla se viró y rodó hasta quedar de lado. A Raquel y Cristina las tomó tan de sorpresa que perdieron el equilibrio y aterrizaron en la hierba.

—¡Mira! —susurró Cristina con la respiración entrecortada.

Una pequeña lluvia de un polvillo rojo salía de la olla. Raquel y Cristina no podían creer lo que veían.

El polvillo relucía en el aire por encima de ellas. Y justo allí, en medio de los destellos, vieron una pequeñísima chica con alas.

Raquel y Cristina la miraron boquiabiertas mientras la diminuta chica resplandecía bajo la luz del sol. Sus delicadas alas brillaban con todos los colores del arco iris.

—Raquel —dijo Cristina en un susurro—, es un hada…

Magia de hada

El hada revoloteó sobre las cabezas de
Raquel y Cristina. Su vestido corto, que
parecía de seda, era del color de las fresas
maduras. Unos aretes de cristal rojo
adornaban sus orejas. Su pelo dorado
estaba trenzado con diminutas rosas rojas
y llevaba zapatillas rojas en sus
pequeñísimos pies.

El hada movió su varita color escarlata
y una lluvia de polvillo rojo cayó al
suelo. Dondequiera que caía el polvillo,
aparecían todo tipo de flores rojas.

Raquel y Cristina no salían de su
asombro. Se trataba realmente de un
hada.

—Parece un sueño —dijo Raquel.

—Siempre he creído en las hadas
—susurró Cristina—. Pero nunca pensé
que llegaría a ver una.

El hada voló hacia ellas.

—¡Muchas gracias! —dijo una
vocecita—. ¡Por fin estoy libre!

Después, voló hacia Cristina y aterrizó
en su mano.

Cristina suspiró. El hada era más
liviana y suave que una mariposa.

—¡Comenzaba a pensar que nunca saldría de esa olla! —dijo el hada.

Cristina deseaba preguntarle al hada muchas cosas, pero no sabía por dónde empezar.

—Rápido, díganme sus nombres, por favor —dijo el hada y se alzó en el aire—.

Tenemos mucho que hacer y debemos
empezar inmediatamente.

Raquel se preguntó a qué se refería el
hada.

—Me llamo Raquel —dijo.

—Y yo me llamo Cristina —dijo
Cristina—. ¿Pero quién eres tú?

—Soy el hada roja del arco iris, pero
ustedes me pueden llamar Rubí
—respondió el hada.

—Rubí —dijo Cristina dando un
suspiro—. El hada roja del arco iris…

Las chicas se miraron emocionadas.
¡Estaban viviendo algo realmente
mágico!

—Sí —dijo Rubí— y tengo seis hermanas: Ámbar, Azafrán, Hiedra, Celeste, Tinta y Violeta. Una para cada color del arco iris, ¿ven?

—¿Qué hacen las hadas del arco iris? —preguntó Raquel.

Rubí revoloteó y aterrizó en la mano de Raquel.

—Nuestro trabajo consiste en darle color al Reino de las Hadas —explicó.

—Entonces, ¿por qué estabas atrapada dentro de esa olla? —preguntó Raquel.

—¿Y dónde están tus hermanas? —añadió Cristina.

Las alas doradas de Rubí dejaron de batir. Sus ojos se llenaron de lágrimas.

—No lo sé —dijo—. Algo terrible sucedió en el Reino de las Hadas. ¡Necesitamos su ayuda!

Hadas en peligro

Cristina miró a la apesadumbrada hada que se encontraba posada en la mano de Raquel.

—Por supuesto que te ayudaremos —dijo.

—Solo dinos cómo —añadió Raquel.

Rubí se secó las lágrimas de los ojos.

—Gracias —dijo—. Pero primero les mostraré lo que sucedió. Síganme lo más rápido posible.

El hada revoloteó en el aire, sus alas brillaban bajo la luz del sol.

Raquel y Cristina siguieron a Rubí a través del claro. El hada parecía danzar delante de ellas como una llama. Se detuvo encima de un pequeño estanque bajo un sauce llorón.

—¡Miren! Les mostraré qué fue lo que sucedió ayer —dijo.

Rubí voló sobre el estanque y dejó caer otra lluvia de polvillo rojo con su diminuta varita color escarlata. De pronto, el agua se encendió con una extraña luz plateada, después burbujeó, para más tarde quedarse quieta. Raquel y Cristina observaron asombradas lo que apareció en el agua. Era como mirar un lugar desconocido a través de una ventana.

—¡Mira, Raquel! —dijo Cristina.

Un río azul brillante corría a través de unas montañas muy verdes. Muchas casas de hongos estaban esparcidas por las montañas. Y encima de la montaña más alta había un palacio plateado con cuatro torres de color rosado.

Las torres eran tan altas que sus picos se perdían en las nubes.

Cientos de hadas se encaminaban al palacio. Algunas caminaban y otras volaban. Raquel y Cristina veían duendes y otras criaturas increíbles. Todos parecían muy alegres.

—Ayer se celebró el Baile de Verano en el Reino de las Hadas —explicó Rubí. Voló sobre el estanque y señaló con su varita un lugar en medio de la escena—. Ahí estoy yo con mis hermanas hadas.

Cristina y Raquel se acercaron para

observar mejor el lugar que Rubí
señalaba. Vieron siete hadas, cada una
vestida de un color del arco iris. Por
dondequiera que pasaban, dejaban un
rastro de polvillo tras ellas.

—El Baile de Verano es muy especial —continuó explicando Rubí—. Mis hermanas y yo somos las encargadas de enviar las invitaciones.

Las puertas principales del palacio se abrieron lentamente y se escuchó una música muy alegre.

—Ahí están el rey Oberón y la reina Titania —dijo Rubí—, el Rey y la Reina del Reino de las Hadas. Están por dar comienzo al baile.

Cristina y Raquel vieron cómo el Rey y la Reina atravesaron la puerta. El Rey llevaba una túnica dorada muy hermosa y una corona. La Reina llevaba un vestido plateado y una tiara

de diamantes. Todas las personas
festejaron a su paso. Al poco rato, el Rey
pidió que hicieran silencio.

—Hadas y amigos —dijo—, nos
sentimos muy contentos de verlos.
Bienvenidos al Baile de Verano.

Las hadas aplaudieron efusivamente.
Una banda de música compuesta por
ranitas verdes con trajes violetas comenzó
a tocar sus instrumentos y el baile
comenzó.

De pronto, una neblina gris llenó el salón. Cristina y Raquel se alarmaron cuando vieron que todas las hadas comenzaron a temblar. Entonces, se escuchó un chillido.

—¡Paren la música!

La banda se calló. Todos parecían asustados. Un hombrecillo alto y huesudo apareció a través del gentío. Estaba vestido de blanco y tenía carámbanos de hielo en la cabeza y en la barba. Pero su cara estaba roja de rabia.

—¿Quién es? —preguntó Raquel con la piel de gallina. Una capa de hielo había comenzado a formarse alrededor del estanque.

—Es Jack Escarcha —dijo Rubí.

En la escena del estanque, Jack

Escarcha miraba fijamente a las siete
hadas del arco iris.

—¿Por qué no me invitaron al Baile de
Verano? —preguntó fríamente.
Las hadas del arco iris estaban muertas
de miedo.

Rubí alzó la cabeza y miró tristemente a Raquel y Cristina.

—Se nos olvidó invitarlo —dijo y volvió a fijar la vista en el estanque.

Las chicas vieron cómo la Reina de las hadas daba un paso hacia delante.

—Bienvenido, Jack Escarcha —dijo—.
Por favor, quédate y disfruta del baile.

Pero Jack Escarcha estaba furioso.

—Demasiado tarde —dijo—. Se les
olvidó invitarme.

Se volvió y apuntó un dedo helado hacia las hadas del arco iris.

—Esto, sin embargo, no lo olvidarán —añadió—. Mi hechizo enviará a las siete hadas del arco iris a los siete confines de la Tierra. Desde el día de hoy, el Reino de las Hadas no tendrá color, ¡nunca más!

El hechizo de Jack Escarcha

Raquel y Cristina miraban horrorizadas lo que ocurría en el estanque. Vieron cómo Jack Escarcha lanzaba su horrible hechizo. Un viento helado comenzó a soplar, envolvió a las siete hadas del arco iris y se las llevó al cielo. Las otras hadas miraban consternadas sin poder hacer nada.

Jack Escarcha se volvió hacia el Rey y la Reina.

—De ahora en adelante, las hadas del arco iris vivirán muy lejos, siempre estarán solas y nunca más volverán.

Y dicho esto, se fue, dejando solo sus huellas de hielo.

La Reina se apresuró a levantar su varita mágica plateada.

—La magia de Jack Escarcha es muy poderosa. No puedo deshacerla completamente —gritó mientras el viento soplaba enfurecido a su alrededor—. Pero podré guiar a las hadas del arco iris hasta un lugar donde estarán seguras y podrán ser rescatadas.

La Reina apuntó su varita mágica al cielo gris. Una olla negra apareció entre las nubes y se acercó a las hadas del arco iris. Una por una, las hadas entraron en la olla.

—Que esta olla al final del arco iris les ofrezca seguridad y refugio a nuestras hadas del arco iris —dijo la Reina—. Y que las lleve hasta la isla Lluvia Mágica.

Un segundo después, la olla desapareció en una nube negra ante los ojos de Raquel, Cristina y Rubí. Justo en ese momento, los hermosos colores del Reino de las Hadas comenzaron a palidecer hasta que la imagen del reino pareció una vieja fotografía en blanco y negro.

—¡No! —dijo Cristina—. Los colores han desaparecido.

La imagen del estanque también se esfumó.

—Así que la Reina de las hadas lanzó su propio hechizo —dijo Raquel llena de dudas—. ¿Te puso a ti y a tus hermanas en la olla y las envió a la isla Lluvia Mágica?

Rubí asintió.

—Nuestra Reina sabía que aquí estaríamos seguras —dijo—. Conocemos

muy bien esta isla. Es un lugar lleno de magia.

—Pero ¿dónde están tus hermanas? —preguntó Cristina—. ¿También están en la olla?

Rubí se veía muy triste.

—La magia de Jack Escarcha es muy fuerte —dijo—. El viento sacó a mis hermanas de la olla. Estábamos dando

vueltas en el cielo cuando desaparecieron. Yo estaba en el fondo de la olla, por eso me salvé. Pero la olla aterrizó bocabajo y todo estaba muy oscuro. Me sentía muy sola y muerta de miedo. Ni tan siquiera mi magia funcionó.

—¿Se encuentran tus hermanas en esta isla? —preguntó Cristina.

—Sí, pero seguramente están esparcidas por toda la isla. Seguro que el hechizo de Jack Escarcha las mantiene atrapadas en algún lugar. —Voló hacia Cristina y se posó en su hombro—. Por eso tú y Raquel me tienen que ayudar.

—¿Cómo? —preguntó Raquel.

—Ustedes me encontraron porque creen en la magia. —Voló del hombro de Cristina hasta Raquel—. Ustedes también podrán encontrar a mis hermanas. Una vez que estemos reunidas, podremos darle color nuevamente al Reino de las Hadas.

Una visita al Reino de las Hadas

—Por supuesto que buscaremos a tus hermanas —dijo Cristina rápidamente—. ¿No es cierto, Raquel?

Raquel asintió.

—Gracias —dijo Rubí alegremente.

—Pero solo estaremos en la isla por una semana —dijo Raquel—. ¿Crees que sea tiempo suficiente?

—Tenemos que empezar de inmediato —dijo Rubí—. Primero, las llevaré al Reino de las Hadas para que conozcan al Rey y a la Reina. Ellos se pondrán muy contentos al saber que me van a ayudar a buscar a mis hermanas.

Raquel y Cristina miraron fijamente a Rubí.

—¿Nos vas a llevar al Reino de las Hadas? —preguntó Cristina sorprendida. No podía creer lo que había escuchado.

—Pero ¿cómo nos vas a llevar? —preguntó Raquel.

—Volaremos —respondió Rubí.

—¡Pero nosotras no podemos volar! —dijo Raquel.

Rubí sonrió. Revoloteó en el aire sobre las cabezas de las chicas. Después, movió la varita y el polvillo rojo comenzó a caer.

Raquel y Cristina se sentían extrañas.
¿Eran los árboles más
grandes o más pequeños?

*¡Las chicas estaban
empequeñeciendo!*

Se hicieron cada vez más
pequeñitas hasta que fueron del
mismo tamaño que Rubí.

—Soy muy chiquitita —dijo Raquel
sonriendo, era tan pequeña que las flores
a su alrededor le parecían árboles.

Cristina se volvió para mirarse por
detrás. ¡Tenía unas brillantes
y delicadas alas de
mariposa!

—Ahora
pueden volar
—dijo Rubí—.
Vamos.

Raquel movió los hombros. Sus alas
batieron el aire y se alzó. Se sentía muy
insegura al principio. ¡Volar era muy
diferente a caminar!

—¡Socorro! —gritó Cristina cuando se
alzó en el aire—. ¡No soy muy buena en
esto!

—Vamos, las ayudaré —dijo Rubí
tomándolas de las manos y guiándolas
fuera de la pradera.

Desde el aire, Raquel observó la isla
Lluvia Mágica. Podía ver las cabañas
junto a la playa y la bahía.

—¿Dónde está el Reino de las Hadas, Rubí? —preguntó Cristina. Volaban cada vez más alto, cerca de las nubes.

—Está tan lejos que ningún humano podría encontrarlo —respondió Rubí.

Atravesaron las nubes y volaron durante mucho, mucho tiempo. Finalmente, Rubí se volvió hacia ellas y sonrió.

—Ya llegamos —dijo—. Por suerte, mientras estemos en el Reino de las Hadas el tiempo no pasará en su mundo. Nunca nadie sabrá que estuvieron tan lejos.

Mientras dejaban atrás las nubes, Cristina y Raquel divisaron el reino que habían visto en el estanque: el palacio, las casas de hongos, el río. Pero todo estaba descolorido por el terrible

hechizo de Jack Escarcha, todo era de
color gris.

Algunas hadas caminaban apesadum-
bradas por las montañas. Sus alas
colgaban tristemente a sus espaldas.
Nadie parecía tener energía para volar.

De pronto, una de las hadas miró hacia
el cielo.

—¡Miren! —señaló—. Es Rubí. ¡Ha vuelto!

A un mismo tiempo, las hadas volaron hacia Rubí, Cristina y Raquel y las rodearon. Ahora parecían mucho más contentas y hacían muchas preguntas.

—¿Vienes de Lluvia Mágica?

—¿Dónde están tus hermanas?

—¿Quiénes son tus amigas?

—Primero, debemos ir a ver al Rey y a la Reina. Después, les contaré todo —contestó Rubí.

El rey Oberón y la reina Titania estaban sentados en sus tronos. En el palacio todo era gris. Se veía tan triste como el resto del Reino de las Hadas. Pero los reyes sonrieron cuando vieron a Rubí llegar con Raquel y Cristina.

—Bienvenida, Rubí —dijo la Reina—. Te extrañamos.

—Sus Majestades, he encontrado dos chicas que creen en la magia —dijo Rubí—. Les presento a mis nuevas amigas, Cristina y Raquel.

Rubí les explicó rápidamente lo que les había sucedido a las otras hadas del arco iris y les contó cómo Raquel y Cristina la habían rescatado.

—Les estamos muy agradecidos —dijo el Rey—. Nosotros apreciamos mucho a nuestras hadas del arco iris.

—¿Nos podrían ayudar a buscar a las hermanas de Rubí? —preguntó la Reina.

—Sí, lo haremos —dijo Cristina.

—Pero ¿cómo sabremos dónde buscar? —preguntó Raquel.

—El secreto está en no atormentarse con la búsqueda —dijo la reina Titania—. No se preocupen, disfruten de sus vacaciones y la magia que necesitan para encontrar a cada hada del arco iris simplemente llegará. Sean pacientes y verán.

El rey Oberón se acarició la barba pensativamente.

—Les quedan seis días de vacaciones —dijo—. Un día para cada hada. Eso es mucho trabajo. Necesitarán ayuda.

Le hizo un gesto a uno de sus lacayos, una rana con un saco abotonado hasta arriba.

La rana fue saltando hasta donde estaban Raquel y Cristina y les entregó una bolsa de color plateado a cada una.

—Las bolsas contienen instrumentos mágicos. No miren su contenido

todavía. Ábranlas solamente si se encuentran en un aprieto. En ellas encontrarán lo que necesitan —dijo la Reina sonriendo.

—¡Miren! —gritó de pronto otro lacayo—. Los colores de Rubí han comenzado a palidecer.

Raquel y Cristina miraron a Rubí con horror. El hada palidecía ante sus ojos. Su hermoso vestido ya no era rojo sino

rosado y su pelo dorado estaba cambiando a blanco.

—La magia de Jack Escarcha todavía funciona —dijo el Rey preocupado—. No podemos deshacer su hechizo hasta que las hadas del arco iris estén nuevamente reunidas.

—Rápido, Rubí —dijo la Reina—. Deben regresar a Lluvia Mágica de inmediato.

Rubí, Cristina y Raquel se alzaron, sus alas batiendo el aire.

—No se preocupen —dijo Cristina alejándose cada vez más—. Regresaremos muy pronto con todas las hadas del arco iris.

—Buena suerte —dijeron el Rey y la Reina.

Mientras volaban, Raquel y Cristina
miraban a Rubí preocupadas. Pero
a medida que se alejaban del
reino el hada comenzó a
recuperar su color.
Muy pronto, sus
colores volvieron a
brillar. Finalmente,
las tres chicas
llegaron a la isla
Lluvia Mágica.
Rubí guió a
Raquel y a Cristina
hasta el claro del
bosque donde
aterrizaron muy
cerca de la vieja olla.
Después, Rubí roció polvillo rojo sobre
Raquel y Cristina. Hubo una pequeña

explosión de humo rojo y las dos chicas
volvieron a ser de su tamaño normal.
Raquel movió los hombros, pero sus alas
habían desaparecido.

—Me encantó ser un hada —dijo
Cristina.

Raquel y Cristina vieron cómo Rubí
rociaba la vieja olla con polvillo rojo.

—¿Qué haces? —preguntó Raquel.

—La magia de Jack Escarcha me
impide ayudarlas a buscar a mis

hermanas —dijo Rubí—. Si las ayudo, terminaré por perder mis colores. Así que esperaré por ustedes aquí, dentro de la olla al final del arco iris.

De pronto, la olla comenzó a moverse. Dio vueltas sobre la hierba y se detuvo bajo el sauce llorón. Las ramas del árbol caían hasta el suelo.

—La olla quedará escondida bajo el sauce —explicó Rubí—. Aquí estaré segura.

—Más vale que empecemos a buscar a las otras hadas del arco iris —le dijo Raquel a Cristina—. ¿Por dónde crees que debemos comenzar?

Rubí negó con la cabeza.

—Recuerden lo que dijo la Reina —dijo—. La magia simplemente llegará.

La diminuta hada voló y se sentó en el borde de la olla. Después, echó a un lado una rama del sauce y les dijo adiós con la mano a Raquel y Cristina.

—Adiós y buena suerte —dijo.

—Regresaremos pronto —prometió Cristina.

—Encontraremos a tus hermanas —dijo firmemente Raquel—. Sé paciente y verás.

RAINBOW
magic ™

Rubí se encuentra a salvo en la olla
que está al final del arco iris. Pero ahora,
Raquel y Cristina deberán encontrar a
**Ámbar, el hada
anaranjada.**

¡Y deben darse prisa!
Únete a su aventura leyendo un avance
del próximo libro…

Una caracola muy particular

—¡Qué día tan hermoso! —dijo Raquel Walker mirando el cielo azul.

Ella y su amiga Cristina Tate caminaban por la playa de la isla Lluvia Mágica. Sus padres las seguían a poca distancia.

—Es un día *mágico* —añadió Cristina.

Las dos amigas se miraron y sonrieron.

Raquel y Cristina habían ido a Lluvia Mágica a pasar sus vacaciones. Pero muy pronto se dieron cuenta de que la isla era realmente un lugar mágico.

En los acantilados, vieron hoyos llenos de agua de mar que brillaban como joyas bajo la luz del sol.

Raquel vio un pequeño destello en uno de ellos.

—¡Allí, Cristina! —dijo—. Vamos a investigar.

Las chicas se inclinaron sobre las rocas y se agacharon para ver mejor.

El corazón de Cristina latía fuertemente mientras observaba el agua cristalina.

—¿Qué es? —preguntó.

De pronto el agua se movió. Un pequeño cangrejo marrón cruzó el fondo arenoso y desapareció bajo una roca.

Cristina se sintió decepcionada.

—Pensé que podría ser otra hada del arco iris —dijo.

—Yo también —dijo Raquel, dejando escapar un suspiro—. No te preocupes, seguiremos buscando.

—Por supuesto —dijo Cristina. Después se llevó un dedo a los labios al ver que sus padres se acercaban—. ¡Ssssh!

Cristina y Raquel guardaban un gran secreto. Estaban intentando ayudar a las hadas del arco iris. Jack Escarcha las había hechizado y ahora se encontraban en algún lugar de la isla Lluvia Mágica. Las hadas del arco iris eran las encargadas de darle color al Reino de las Hadas, y hasta que no fueran rescatadas, el Reino de las Hadas seguiría siendo oscuro y gris.

Raquel miró hacia el mar resplandeciente.

—¿Quieres que vayamos a nadar? —preguntó.

Pero Cristina no le prestó atención. La chica trataba de tapar el sol para poder divisar la playa.

—Mira allá, Raquel, en esas rocas —dijo.

Entonces Raquel también lo vio. Algo brillaba bajo el sol.

—¡Espérame! —le gritó a Cristina, que ya corría por la playa.

Cuando vieron de qué se trataba, las dos chicas suspiraron decepcionadas.

—Es la envoltura de una barra de chocolate —dijo Raquel tristemente y se agachó a recoger el papel brillante.

Cristina pensó por un momento.

—¿Recuerdas lo que nos dijo la Reina de las hadas? —preguntó.

—La magia simplemente llegará —dijo Raquel—. Tienes razón, Cristina. Deberíamos tratar de disfrutar nuestras vacaciones y esperar a que suceda algo mágico.

No te pierdas el próximo libro de la serie

Ámbar, el hada anaranjada

y entérate de las cosas mágicas que sucederán...